마냥 좋기만 한 그대

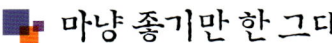 마냥 좋기만 한 그대

1판 1쇄 : 인쇄 2013년 5월 09일
1판 1쇄 : 발행 2013년 5월 14일

지은이 : 최기숙
펴낸이 : 서동영
펴낸곳 : 서영출판사

출판등록 : 2010년 11월 26일(제25100-2010-000011호)
주소 : 인천광역시 계양구 효성동 200-1 현대 404-103
전화 : 02-338-0117 팩스 : 02-338-7161
이메일 : sdy5608@hanmail.net

그   림 : 박덕은
디자인 : 이원경

ⓒ2013최기숙 seo young printed in incheon korea
ISBN 978-89-97180-31-8 04810
ISBN 978-89-97180-00-4(set)

마냥 좋기만 한 그대

2013 · 서영

최기숙 시인의 첫 시집 출간을 축하하며

　이 세상에 살면서 기쁜 소식이 우리에게 몇 번이나 다가올까. 오래도록 기다렸던 최기숙 시인의 시집 출간 소식, 이보다 더 기쁜 소식이 세상에 또 어디 있을까. 정말 반갑고 행복한 소식이다.

　최기숙 시인은 첫인상부터 후덕한 중전마마 같다. 그 어떠한 얘기도 터놓고 할 수 있을 것 같은 맏언니 같은 여인, 우리 누구나 그녀 앞에서는 가식의 옷고름을 진솔히 풀 수밖에 없다.

　최기숙 시인은 전원에 살고 있다. 전형적인 시골에서 살아가는 그녀는 생각하는 것도 행동하는 것도 시골의 순수가 온통 배어 있다. 마치 천사가 달빛 타고 이 땅에 내려와 잠시 살고 있는 것 같은 느낌이 드는 여인, 그녀를 우리는 모두 좋아한다.

　남편의 뒷바라지에 최선을 다하고, 자식들에게 마냥 헌신적인 그녀, 그러면서도 그 어떠한 불만도 가슴에 품지 않고 살아가는 여인, 그래서 우리는 그녀에게 '바보 천사'라는 닉네임을 붙여 주었다.

　수천 마리 나비 되어
　팔랑거리다
　사르르

마냥 좋기만 한 그대

사르르

다시 외줄 잡고
기어올라
사르르
사르르

추억의 꽃동산
밟으며
사르르
사르르.

     - [첫사랑] 전문

  이 시에서 만나는 시적 화자가 곧 최기숙 시인 자신
이다. 세상의 때가 묻어 있지 않은 첫사랑의 순수, 그
자체가 아름답듯이 시인 자신의 내면은 마냥 평화롭
고 마냥 설레고 마냥 행복하기만 하다. 마치 꽃동산 위
에서 나풀거리는 나비처럼. 그래서인지, 최기숙 시인
은 시를 억지로 쓰지 않는다. 머리를 쥐어짜듯 쓰는 시
는 그녀와는 아예 거리가 멀다. 그저 묵묵히 삶을 관
조하다가 어느 순간 휘몰아 시를 쓴다. 마치 낙서처럼,
마치 손바닥 일기 같은, 어쩌면 낙엽시를 쓰는지도 모
른다. 그런데 그 시 속에 절절한 인생이 담겨 있고 애
환과 애틋함과 연민과 그리움이 스며들어 있다. 인생
의 향기가 묻어나는 시, 가슴부터 촉촉이 적시게 하는
시, 행복한 미소를 짓게 하는 시, 그런 시를 그녀는 즐

최기숙 시인의 첫 시집 출간을 축하하며 ▌

겨 쓴다. 그래서 그녀의 시 소재는 모두 그녀의 미적 가치로 걸러져 아름답게 시적 형상화의 열매로 태어나고 있다.

이따금씩
떨리는 창끝이
심장을 겨누는데도

아린 물결 위로
그윽한 빛이
슬금슬금 걸어온다.
- [치매] 전문

최기숙 시인의 손에 들어가면 '치매'라는 소재도 아름답게 승화되어 꽃피어난다. 치매의 떨리는 창끝이 심장을 겨누는 순간에도 그녀의 시야는 절망으로 치닫지 않고 오히려 더 강렬한 긍정의 빛으로 상승한다. 이윽고 치매는 그윽한 빛이 되어 아린 물결 위를 걸어온다. 여기에 그녀의 인생관이 고스란히 배어 있는 듯하다. 이 세상의 그 어떠한 부정도 그 어떠한 슬픔도 그 어떠한 아픔도 아름다운 긍정으로 승화되어 포근한 가슴속으로 스며들고 만다. 그녀의 모든 시가 한결같이 따스함의 옷을 입고 있는 비결이 여기에 있다.

하늘이
빼꼼히

■ 마냥 좋기만 한 그대

가을의 문을 연다

벌써
상흔은
종종걸음으로 뒷걸음질치고 있다

고즈넉함 앞에 앉으니
무너진 옛집
생각이 난다

외로움 반사시켜
내일을 노래하던 부드러움이
지금까지 따라다니고 있다.

- [무제] 전문

   하늘이 빼꼼히 가을의 문을 열 때쯤, 상흔은 벌써 종
종걸음으로 뒷걸음질치며 달아나고 있다. 저만치. 고
즈넉함과 향수에 젖어 울적할 때마저도 외로움을 반사
시켜 내일을 노래하는 부드러움으로 극복해 내는 저력
을 지니고 있다. 그래서 그녀를 울적함 속으로, 외로움
속으로 끌어내려 가둬 둘 수가 없다. 상황이 어떻든 그
녀는 그 공간에서 기어이 탈출하고야 만다. 강한 긍정
의 에너지, 부드러움의 에너지가 그녀를 끝까지 보호
해 주고 있기 때문이다.

   나무들은

칼바람에 떨며
추억을 감춘다

그중
사과나무 하나가
해묵은 역사를 넘기며
속삭인다

뿌리깊은 나무는
벌거벗어도 아름답다고
이렇게 소복소복
눈이 쌓이는 날에는
더욱더.

- [정원에서] 전문

　그녀의 삶이 순탄치만은 않았다는 걸 보여 주고 있다. 칼바람에 떨며 추억을 감춰야 하는 순간도 있었고, 해묵은 역사를 넘기며 숨죽여 속삭이는 순간도 있었다. 그런데도 그녀는 움츠러들지 않는다. 역경이 몰아칠수록 그녀는 더욱더 강해진다. 그 이유는 바로 '뿌리깊은 나무'를 닮았기 때문이다. 벌거벗어도 아름다운 '뿌리깊은 나무', 소복소복 눈이 쌓이는 날에는 더욱더 아름다운 '뿌리깊은 나무'를 닮았기 때문이다. 그녀가 그 어떠한 시련에도 끄덕하지 않고 삶을 아름답게 꾸려가는 건 바로 그녀가 곧 '뿌리깊은 나무'이기 때문이다.

마냥 좋기만 한 그대

오랜 회한을
신비의 돌기둥으로 세워 내린
시간의 여정 앞에
숨을 몰아쉬며
날리고 싶다

초록 융단의
부드러움만 간직한 채
한 겹 한 겹
생의 소리는 모두 다
바다로 날리고 싶다

제발
그러고 싶다.
　　　　- [제주도여서] 전문

　이 시에서 보는 바처럼, 최기숙 시인에게는 오랜 회
한이 가슴에 잔류해 있음을 알 수 있다. 그 회한을 신
비의 돌기둥으로 세워 내린 시간의 여정 앞에 날려 버
리고 싶어한다. 초록 융단의 부드러움만 간직한 채, 생
의 소리, 회한의 소리. 시련의 소리 등은 다 바다로 날
려 버리고 싶어한다. 진솔한 그녀의 독백 앞에 독자는
감동의 눈시울을 적시게 된다. '제발 날리고 싶다'에서
우리는 그녀가 아직도 회한의 비바람으로 내면의 고생
이 많음을 알 수 있다.

최기숙 시인의 첫 시집 출간을 축하하며

후욱~
순결한 가시관 위로
하얀 향기 날리고 있다

온몸으로
세월 견디며

외로움의 나풀거림도
추억 속으로
깊숙이 밀어넣은 채.

-［찔레꽃］전문

　이 시에서도 외로움이 등장한다. 여전히 그녀의 삶
은 고달프다. 온몸으로 세월을 견뎌야 하는 고통이 따
르고 있다. 자신의 삶은 마치 순결한 가시관인지도 모
른다. 그 가시관 위로 하얀 향기를 날리고 싶다. 외로
움의 나풀거림 같은 건 추억 속으로 깊숙이 밀어넣은
채 오로지 순수만으로 살아가고 싶어하는 그녀의 속울
음이 가슴 깊이 메아리치고 있다.

화사함마저 골방에 묻은 채
돌멩이로 굳어 버린 몸과 가슴에
어제 내린 비는
촉촉이 아주 좋았다

서럽고 시린 외로움도

다 흘려 보낸 뒤
아침 일찍 그리움 심으며

깊고 파란 추억 속에
찬란한 아름다움으로 깊게
뿌리박고 커 가기를 소원해 본다.

- [모종] 전문

　화사함마저 골방에 묻어 버린 채 지내온 삶, 돌멩이
로 굳어 버린 몸과 가슴이었다. 다행히 비가 내린 날,
시적 화자는 변화를 원한다. 서럽고 시린 외로움을 다
흘러보낸 뒤, 그 빈자리에 아침 일찍 그리움을 심고 싶
다. 그것도 깊고 파란 추억 속에 찬란한 아름다움으로
심고 싶다. 그리하여 그게 깊게 뿌리박은 나무처럼 무
럭무럭 커 가기를 기원하고 있다. 머잖아 외로움은 사
라지고 그리움은 자라나 찬란한 아름다움을 꽃피워 내
면 가득 환희의 노래와 향기를 선물해 줄 것을 믿는다.

정수리에서 발등까지 내리는
2월의 추억 여행처럼
화롯불 속의 고즈넉함이
풍선 되어 떠오르는 날

소나무들의 울부짖는
은빛 앞산 위에서
동백꽃보다 더 화려하게 웃으며

심장과 어깨를 나란히 겨누는 날.

- [함박눈 휘날리는 날] 전문

이 시에서처럼, 최기숙 시인에게는 이제 함박눈 휘
날리는 아름다운 날이 다가오고 있다. 추억 여행처럼
화롯불 속의 고즈넉함이 풍선 되어 떠오르는 날이 다가
오고 있다. 은빛 앞산에서 동백꽃보다 더 화려하게 웃
으며 심장과 어깨를 나란히 겨누고 당당히 설 수 있는
날이 다가오고 있다. 이 시에는 그런 날이 오고야 말
것이라는 확신이 담겨 있다. 당연히 그런 날이 오고
야 말 것이라는 믿음이 새겨져 있다. 반드시 그런 날
이 와야만 한다. 그래야 지금까지의 서러운 인생이 다
소나마 위로 받고 슬픔과 아픔이 아물어질 것이기 때
문이다.

　태곳적 흙기운이 내려와
　붉은 불꽃으로 서 있다

　자궁 속 같은 아늑함에
　들뜬 신음 소리 묻혀 가며

　홍조 띤 그리움을
　키워 가고 있다.

- [맥반석 불가마] 전문

　최기숙 시인 앞에는 태곳적 흙기운이 내려와 붉은

불꽃으로 활활 서 있다. 그 열기와 열정 속에는 자궁 속 같은 아늑함이 자리하고 있다. 그 아늑함은 들뜬 신음 소리 묻혀 가며, 흥조 띤 그리움을 키워 가고 있다. 결국에 도달한 그녀의 종착지는 홍조 띤 그리움이다. 순수와 열정이 하나된 그리움, 그 어떠한 부정도 슬픔도 아픔도 없고, 오로지 아늑함과 부드러움과 고즈넉함과 뜨거움이 넘실대는 그리움, 그 그리움을 회복하고 싶다. 또 그 그리움과 함께하고 싶고, 그 그리움으로 여생을 장식하고 싶다.

　최기숙 시인의 따스한 심성이 곧 시의 소재가 되고 있고, 시의 원천이 되고 있고, 시의 방향이 되고 있고, 시의 꽃과 열매가 되고 있다. 시집을 내려고 결심을 굳히는 순간에도 그녀는 겸허하게 고개를 숙이고 부끄러워했다. '좀더 성숙한 뒤에, 좀더 좋은 시를 쓸 줄 알게 될 때, 좀더 시간이 지난 후에…' 시집을 내겠다고 고집하던 그녀, 한사코 얼굴을 붉히며 겸손해 하는 이쁜 여인, 바로 그녀의 시들이 숨을 죽인 채 엎드려 있다가, 그녀의 용기와 함께 이처럼 세상에 빛을 보게 되었다. 얼마나 다행스런 일인가. 얼마나 축복된 순간인가.

　첫 시부터 끝 시까지 읽으면서, 최기숙 시인의 아름다운 인생과 겸허한 세계관과 만날 수 있어 내내 행복했다. 그리고 이처럼 멋진 시집이라는 열매로 만날 수 있어 기쁘기 짝이 없다. 자기 삶을 성실히 꾸려가다, 이처럼 창조적 열매를 맺는 즐거움을 가슴에 안게 된 최기숙 시인에게 아낌없는 박수를 보낸다.

　앞으로 최기숙 시인은 변함없이 시를 써나가고 또

13

제2, 제3시집을 펴내게 될 것이다. 그때마다 우리는 환호하며 함께 향기를 나누며 함께 들떠 소리칠 것이다. 낭만과 자유를 향하여 소리 높이 외칠 것이다. '우리는 지금 잘 살고 있다'고.

　다시 한번, 최기숙 시인의 첫 시집 출산을 진심으로 축하한다. 고개를 들어 보니, 세상에는 봄꽃들로 가득하다. 오랜 추위 끝에 찾아온 특별한 2013년 봄에, 이처럼 향긋이 벙근 시집 출간 소식은 축복 중의 축복이 아닐 수 없다. 정말 기분 최고다. 이 시집이 부디 독자들의 지속적인 사랑을 받는 멋진 시집으로 서점과 서재에 오래오래 자리잡고 있기를 소망한다.

　　－ 봄꽃이 흐드러져 터질 것 같은 낭만의 가슴을 차향으로 달래며

　　　　　　　한실 문예창작 지도 교수 박덕은

　　(문학박사, 시인, 소설가, 문학평론가, 동화작가, 사진작가, 화가)

첫 시집을 펴내며

눈부시게 꽃잎들이 휘날리고 있다
아니, 꽃잎들이 오솔길 위아래에
점점이 보석처럼 박혀 있다.

왜 하필
이 시집을 펴내는 순간에
운명이란 게 떠오를까.

가는 실이 끊어지지 않고
인연이 두께를 더해서
오늘의 이 시집이 태어나게 된 것 같다.

많은 사람들이 보기엔
한없이 초라하고 남루해도
몇몇 사람들에겐 정말 보름달 같은 아름다움으로
보여지길 간절히 소원해 본다.

턱없이 부족한 시이지만
여기까지 줄기차게 이끌어 주신
한실 문예창작 지도 교수 박덕은 박사님의 사랑과
헌신에 깊이 감사드린다.

함께 힘과 용기를 보태준 한실 문예창작 문우님들,
부드런 문학회 회원님들,
또 안내자가 되어 준 서영애 시인께도
고마운 마음을 바친다.
그리고, 말없이 후원해 준 가족, 특히 남편 장웅기 님께
무한한 감사를 바친다.

지금 투병 중인 부모님, 어서 빨리 쾌유되어
매일매일이 편안한 여생 되길 기원한다.
앞으로 더욱 좋은 시를 쓰도록
최선을 다해 정진할 것을 다짐해 본다.

손자, 손녀들아,
사랑한다.

- 봄꽃들이 앞다투어 피어나 화사한 설렘을 선물하는 날 아침에
초곡 최기숙

祝詩

최기숙

박덕은

고요의 호수에
햇살이 고여

우아한 詩心을
키워 냈다

비바람이
휘덮을 때도

넘실대는
물결의 시샘에도

넉넉한 눈길을
놓치지 않았다

계절이 바뀌어
눈보라 휘날릴 때는

다리 건너
등불을 걸어 놓았다

다가올
꽃열매를 위해

말발굽 소리에도
흔들리지 않고

또다시
평온의 시절이
자리잡도록

새벽길을
향긋이 깔아 놓았다.

차   례

제1장 · 함박눈 휘날리는 날

제2장 · 목련나무 그늘 아래서

마냥 좋기만 한 그대

제1장
함박눈 휘날리는 날

박덕은 作 [봄의 유혹](파스텔화, 2013.3)

올봄

바람이랑
나비랑
나란히 누워 계신
부모님의 병상 일지에
팔랑거리는
유년의 하얀 냄새가
코끝을 서럽힌다.

박덕은 作 [둥글다는 것](파스텔화, 2013.4)

봄 · 1

버들강아지
곳곳에 내려앉아
웃음 터뜨린다

그
언제였던가

마음속엔
목련이 뽀얗게
피어오르던 시절

격정과
아련함으로
뒤범벅이 된 채

세월은
다시금
날
어린애로 이끌어 간다.

마냥 좋기만 한 그대

박덕은 作 [별장의 소원](파스텔화, 2013.4)

봄 · 2

골짜기 얼음 속으로
돌돌돌
굴러오는 소리

미루나무 아래
추억 안으로
번져 오는 소리

2월 끝자락에
하얀 안개로
너울너울 흐르는 소리

그대의 눈빛처럼
따스이
내 가슴 감싸는 소리.

마냥 좋기만 한 그대

박덕은 作 [화사한 들녘](파스텔화, 2013.3)

만추

바스락거림은
한 잎 두 잎
꿈의 나래를 펴고 있고

이곳저곳에선
휘황찬란함이
못내 아쉬움 두르고
고즈넉이 누워 있다.

박덕은 作 [그리움의 다리](파스텔화, 2013.4)

태풍 후

과수원에
하얀 점박이 손수건이
널려 있다

눈물 점점이 박은
농민의 한숨이
비명 되어 새어나오고 있다.

신은
여름 내내
피서만 다니시나 보다.

박덕은 作 [커피잔의 설렘](파스텔화, 2013.3)

내변산 호수

산은 아래로 흐르고
그 위로 산새 날고
깃털구름 뜨고

억만년의 역사가
물풀 타고
풀풀 날아오르고

우거진 수목은
수만 가지 이야기를
한꺼번에 쏟아내고

울긋불긋
과거와 현재가
소담스레 피어나고.

박덕은 作 [행복 별장](파스텔화, 2013.3)

물

빈속 찾아
아낌없이
골고루
나눠주는

대지의 어머니처럼
부드럽게
휘돌아
가는

개울에서 바다까지
쉼 없이
아래로 아래로만
흐르는.

박덕은 作 [할삐 주전자](파스텔화, 2013.3)

뻐꾸기

저리도 가슴 저미게
누굴 부르고 있을까

깊은 여운의 휘파람
날리듯이

오래전 전설이 되어 버린
기억의 저편에서

처연함 등에 업은 채
물빛에 초록 점등 찍으며

저벅저벅
걸어 나오는 소리로.

박덕은 作 [양말 사세요](파스텔화, 2013.3)

찔레꽃

후욱~
순결한 가시관 위로
하얀 향기 날리고 있다

온몸으로
세월 견디며

외로움의 나풀거림도
추억 속으로
깊숙이 밀어넣은 채.

박덕은 作 [시슨의 독수리](파스텔화, 2013.2)

목련꽃

방싯거리는 아름다움으로
아침을 맞이하는
그대

서늘한 아쉬움으로
추억을 움켜잡는
그대

달그림자 위에
처연함으로 살포시 내려앉는
그대.

박덕은 作 [그리움의 바닥](파스텔화, 2013.4)

백목련

하이얀 미소
휘날리며
서 있다

그냥
거기서
금방이라도

첫사랑이
툭
튀어나올 것처럼.

박덕은 作 [백목련](파스텔화, 2013.4)

꽃샘추위

한 점의 흔적도
남기지 않을 듯

바람이
윙윙윙

등뒤에선
아픔을 쏘아보며

꽃잎이
파르르.

■■ 마냥 좋기만 한 그대

박덕은 作 [흥수 항아리](파스텔화, 2013.3)

나의 종달새

현란한 춤사위
감은 두 눈 위로
지지배배
지지배배

매슥거리는
온갖 생각 뒤섞으며
지지배배
지지배배

부지런히 이곳저곳
봄냄새 흩뿌리며
지지배배
지지배배.

박덕은 作 [브고파서](파스텔화, 2013.4)

노을

물장구치다
방긋 웃으며
사라지고 마는
집채만 한
그리움

슬프도록
황홀하게
활활 타오르다
잠기고 마는
황금빛 추억.

박덕은 作 [노을](파스텔화, 2013.4)

함박눈 휘날리는 날

정수리에서 발등까지 내리는
2월의 추억 여행처럼
화롯불 속의 고즈넉함이
풍선 되어 떠오르는 날

소나무들의 울부짖는
은빛 앞산 위에서
동백꽃보다 더 화려하게 웃으며
심장과 어깨를 나란히 겨누는 날.

마냥 좋기만 한 그대

박덕은 作 [장미의 미소](파스텔화, 2013.2)

겨울 풍경

논두렁 사이로
시위바람
미친 듯이 날릴 때가
엊그제 같은데

헐벗은 의연함으로
꼬장꼬장
소리 지를 때가
엊그제 같은데

잔설 사이로
인연의 연기가
희끗희끗
춤추며 흘러간다.

박덕은 作 [나비의 신비](파스텔화, 2013.2)

겨울밤에

터진 수도꼭지에서
콸콸 흘러나오는
물소리

퍼내도 퍼내도
시원치 않은
머릿속 나사 소리

쉬었다
또 시작하는
상흔으로 밤새 나뒹굴다

잠시
색바랜 모시 치마 속으로
나란히 눕는다.

박덕은 作 [겨울밤 명상](파스텔화, 2012.12)

설경

계절의 소음을
모두 삼켜 버린
하얀 나라

고요와 수려
한껏 뽐내는
노송 몇 그루

거기서
한 마리 새는
속절없이 뛰놀고

님과 나는
깊은 발자국 남기며
어디론가 가고 있다.

박덕은 作 [설경](파스텔화, 2013.4)

사과꽃

화사하게
온몸 날리며
앞으로 온다

벌과 나비
향 물고 붕붕거리며
너울너울거리는데

현기증의 계단 위로
몸을 눕힌다

두 손 붙잡고
추억 속으로 들어가며

다시금
스멀스멀

그 느낌 그 소리
흐드러지게 그리며.

박덕은 作 사과꽃](파스텔화, 2013.4)

꽃사과나무

둥글납짝
조그마한
옥자색 분재함 속

깡마르고
빈약한 모습으로
매일매일
무언가를 꿈꾸던
너

때론
싱그러움으로

때론
붉은 열정으로

기염을
토하다

수많은 홍진주로

은하수를 만들면서

오고가는 이들에게
속삭이듯 말했지

'삶은
이와 같은 거야.'

박덕은 作 [정원의 품격](파스텔화, 2013.3)

눈

평온은
눈빛바다
반짝 반짝

얽힌 몸과 담
상흔까지
뒤덮어 버려

말갛게
부드럽게
반짝 반짝

지렁이처럼
기어가는
겨울 위에서.

박덕은 作 [장독대의 합창](파스텔화, 2013.3)

낙엽송

가랑가랑한 색깔로
길섶에 누운 채

하늘을
올려다보고 있다

추억 속에서는
활활 타오르던 열정으로

지금은 서로의 몸 뒤엉킨 채
소곤소곤 두런두런

지나온 세월을
쿡쿡 찔러대며

휘이휘이
상념을 휘날리며.

박덕은 作 [노란 낭만숲](파스텔화, 2013.3)

고추

길고 날름한
맵시

한여름
입맛 돋구며

하늘 높이
붉은 함성 퍼올려

어디에나
솔솔

뜨거움
숫구치게 한다.

마냥 좋기만 한 그대

박덕은 作 [싸움닭](파스텔화, 2013.4)

열대야

어둠 속으로
들어간
더위

내 몸 안으로
들어온
더위

질질
흘리네

숨결이랑
꿈결이랑

추억처럼
지리멸렬하게

질질
흘리네.

박덕은 作 [최대한 우아하게](파스텔화, 2013.3)

초록 잎새

사방팔방에
무리 지어

깊디깊은
생명의 노래로

현란한 춤을
추고 있다.

마냥 좋기만 한 그대

박덕은 作 [붉디 못해](파스텔화, 2013.2)

금성산 · 1

봉우리 휘감은
안개

어머니 품속
같아

눈, 비, 바람 다 지나
햇살 오듯이

당신은 그렇게
나에게 오셨습니다.

박덕은 作 [노을의 사랑놀이 · 2](파스텔화, 2013.2)

금성산 · 2

구름, 비 지나가고
길게 누워 있는

자라 같은 등 위로
소롯이 앉아 있는

계절 앞당겨
봄꽃 향기로 일어서는.

박덕은 作 [시인의 마을](파스텔화, 2013.4)

초가을

파아란
솜사탕 나라로

유영하는
모시 날개

따사로운
은빛 바람
일으키며

나에게로
너에게로

하늘하늘
달려온다.

마냥 좋기만 한 그대

박덕은 作 [산사의 가을 얘기](파스텔화, 2013.4)

제2장
목련나무 그늘 아래서

박덕은 作 [해변의 마을](파스텔화, 2013.4)

치매 · 1

이따금씩
떨리는 창끝이
심장을 겨누는데도

아린 물결 위로
그윽한 빛이
슬금슬금 걸어온다.

박덕은 作 [그리움 한 접시](파스텔화, 2013.3)

치매 · 2

야릇한 분노로
꿈 짓이기던 그이

그땐 그것이
그의 진실이었다

나란히
양지바른 곳에서
하양콩 타작을 하면서

순한 양이 되어 버린
그를 바라보니
가슴이 저미어 온다.

박덕은 作 [해변의 언약](파스텔화, 2013.3)

우정

오늘은
더욱
더

그리움의 풀향
가슴 에이게
스며온다

수많은
들과 협곡을
넘어

이제
따스한
언덕에 앉아

서로를 어루만지고 있다
눈물 반
미소 반으로

깊고 짙은 아름다움을
서로에게
소롯이 건네며.

박덕은 作 [사랑 나무](파스텔화, 2013.3)

어떤 이별

그리
드세고
쾌활하시던
아버지도

그리
우아하고
조용하시던
어머니도

늙음은
슬픈
일

어머니는
요양원에
아버지는
사가에.

■ 마냥 좋기만 한 그대

박덕은 作 [난꽃의 외침](파스텔화, 2013.3)

임종

숨이 가쁘다
막힐 것 같다

천사의 손길이
가만히 속삭인다

소풍길과 같았던
이 아름다운 지구와도
이별 연습을 한다

아이들이 다 와 있다
버릴 수 없는 끄나풀들에게
이젠 자유를 줘야지.

박덕은 作 [장미의 詩](파스텔화, 2013.3)

장사익의 노래

높고 널따란 창공으로
여울져
끝없이 퍼져 나가는
나비

땀방울은 핏빛 소리로
신들린 동작은
영혼 휘감은 격정으로 날으는
나비

연둣빛으로 너울대는
탄성이 되어
메아리로 메아리로 손짓하는
나비.

박덕은 作 [그리움의 분출](파스텔화, 2013.3)

맥반석 불가마

태곳적 흙기운이 내려와
붉은 불꽃으로 서 있다

자궁 속 같은 아늑함에
들뜬 신음 소리 묻혀 가며

홍조 띤 그리움을
키워 가고 있다.

박덕은 作 [사랑을 위해서라면](파스텔화, 2013.3)

버스 안에서 · 1

긴 호흡으로
길가 나무들을
뻐끔뻐끔 껴안아 본다

고통의
포효 속에서
잠시 눈을 감는다

수족관 안의
지친 지느러미들을
안타까이 떠올리면서.

박덕은 作 [고독](파스텔화, 2013.4)

버스 안에서 · 2

소금에 절인 무처럼
가슴이 저며온다

그는 지금
망각 속에서 호두를 굴리며
고통의 손등을 마구 찍어댄다

나는
웃고 있는 피에로처럼
손뼉을 쳐주다가

굳어져 가는
그의 심장을
가만히 안아 준다.

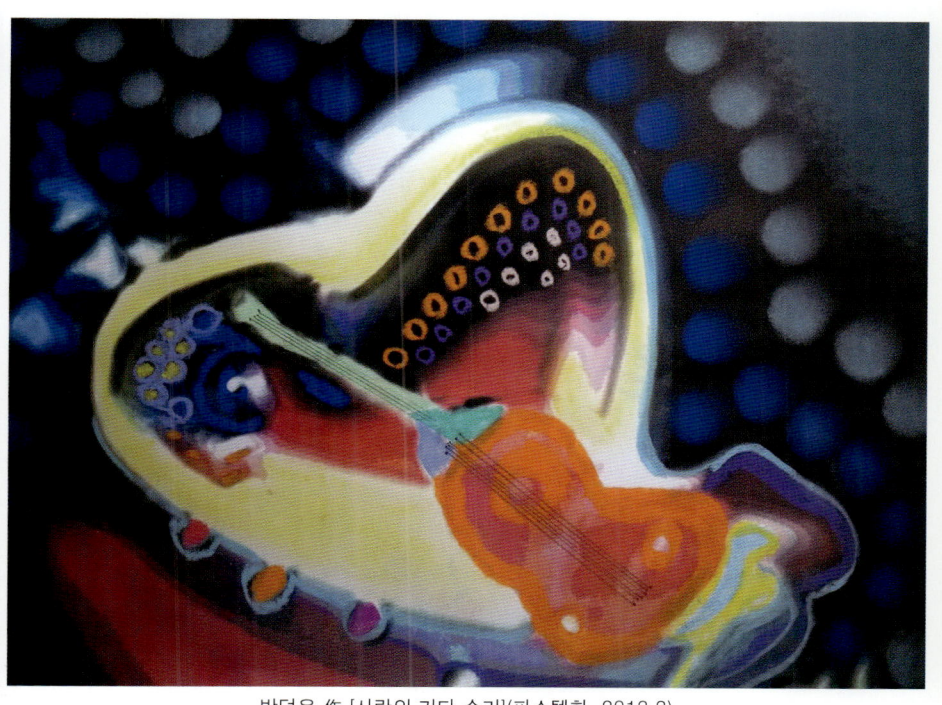

박덕은 作 [사랑의 기타 소리](파스텔화, 2013.3)

손주들이 다녀간 뒤

조그만 방은
외로움의 닻이다

그 위로
창문이 숨을 쉬면
메아리가 넘실거린다

"할머니!"

오늘은
유난히 방이 꿈틀거린다.

박덕은 作 [가을 나들이](파스텔화, 2013.3)

기일

숨 멎을 것 같은
더위 속 정적 타고

어머님의 숨결이
살포시 온다

평생 못다 한 향기는
휘청거리며 온다

한
버리고파

초록의 다리 쪽으로
비실거리며 온다.

박덕은 作 [호수와 냇물](파스텔화, 2013.4)

가지 마

누우런 갈대숲으로 숨어들어가
서로의 아픔 쿡쿡 찌르며
눈뜬 비명을
소리 소리 질러 보자

이젠
하얀 눈설 위에서
마음껏 뒹굴면서
하늘 열어 보자.

박덕은 作 [상큼한 그녀](파스텔화, 2012.11)

부부

떠오르는 태양을
같이
맞이해야 하는
우리

서로가 꽃 되며
가시 되는
우리

때론
가슴이 무너지는
슬픔을 같이 느끼는
우리

천국도
지옥도
같이
넘나드는 우리

지금은

서로에게
가장 아픈 존재로 남은
우리.

박덕은 作 [나른한 오후](파스텔화, 2012.11)

봄 외출

가늘 대로
가늘어진
마음이
걸음 걸음
꽃신 신는다.

박덕은 作 [발랄한 여심](파스텔화, 2012.11)

다산서원

소나무의
청아함이
오르랑내리랑거리며

눈발 속에
꿋꿋이
정기를 흩날리고

연못은
적막함을
시간 속으로 건어올리고

강진만은
충정의 그리움으로
울렁거리고

떠오르는
맑은 시심은
민초로 피어난다.

박덕은 作 [다산서원](파스텔화, 2013.4)

백운산에서

하늘로 가는 좁은 길은
솔바람 휘감은 채
연신 손짓하고

돌연꽃에 잠긴 계곡물은
이리저리 외로움 흔들며
더디 가라 붙잡지만

난
그냥
나비 되어

숲속 깊숙이
훨훨
날고 싶을 뿐.

박덕은 作 [별잗의 설렘](파스텔화, 2013.4)

목련나무 그늘 아래서

녹슨 철제의자
쑤세미로 박박 닦으니
윤이 반짝반짝

애처로운 주름도 나이도
동풍 서풍 미풍으로
그리하면 얼마나 좋을꼬.

박덕은 作 [짝사랑의 색깔.1](파스텔화, 2013.2)

산속 단상

개울물은
그 청아한 목소리로
가는 바람
오는 바람
다 붙잡고 있고

올려다보이는
울창한 숲엔
깃털 같은 추억만
하얗게 떼 지어
날아다니고

산새들은
여기서 푸드득
저기서 푸드득
햇살을 눈부시게
퍼뜨리고 있다.

박덕은 作 [새의 꿈](파스텔화, 2013.4)

우리집 사과나무

쿡쿡 찌르는 아픔에는
약을 조금씩 발라줬다

생기가 말라갈 때는
즐겁고 상쾌한
노래를 불러줬다

몸이 사위면
탐스럽고 예쁜
피와 살을 만들어 줬다

그는
그렇게
배려하며
생을 꾸려 나갔다

어느 날
살금살금 다가오는
무지한 발자욱 소리를 들었다

아주 베어지면
님과의 약속을 지킬 수 없기에
먼저 죽기로 했다

그는
그렇게
고요히
볼품없이 죽어갔다

곁가지에
그렁그렁
열매 몇 알 남겨두고서.

박덕은 作 [들녘의 외로움](파스텔화, 2013.4)

모종

화사함마저 골방에 묻은 채
돌멩이로 굳어 버린 몸과 가슴에
어제 내린 비는
촉촉이 아주 좋았다

서럽고 시린 외로움도
다 흘러 보낸 뒤
아침 일찍 그리움 심으며

깊고 파란 추억 속에
찬란한 아름다움으로 깊게
뿌리박고 커 가기를 소원해 본다.

박덕은 作 [색깔의 리듬](파스텔화, 2013.2)

산행

숲속에서
깊은 호흡으로 손짓하는
여름의 정령들

초록의 언어들은
물안개의 환호에
흥겨운 춤사위로 흔들어대고

살찐 싱그러움은
파도 같이 달려들어
무수히 뺨을 때린다.

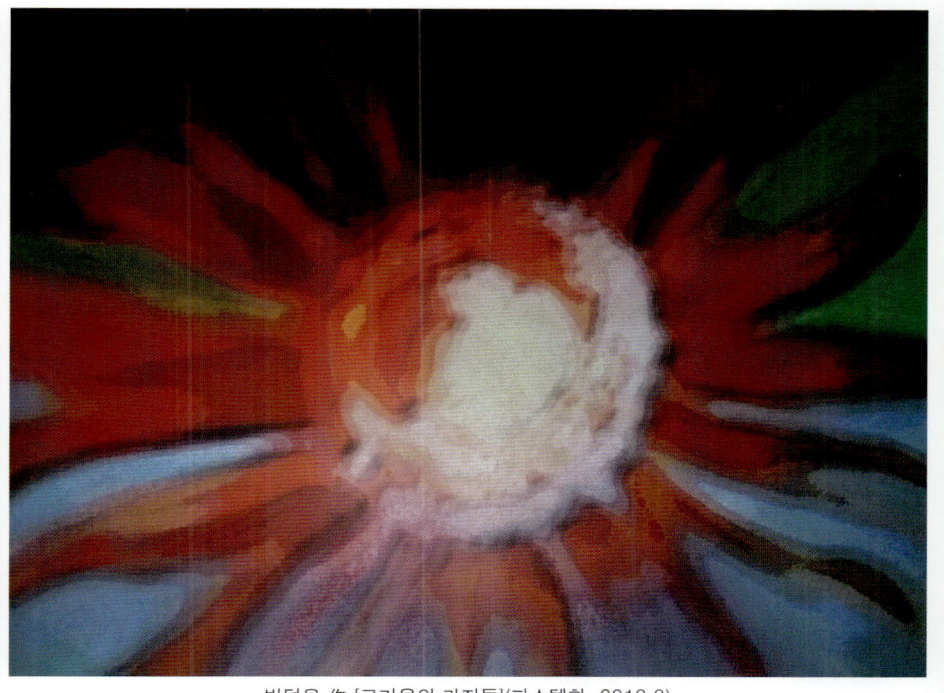

박덕은 作 [그리움의 가지들](파스텔화, 2013.2)

정원에서

나무들은
칼바람에 떨며
추억을 감춘다

그중
사과나무 하나가
해묵은 역사를 넘기며
속삭인다

뿌리깊은 나무는
벌거벗어도 아름답다고

이렇게 소복소복
눈이 쌓이는 날에는
더욱더.

박덕은 作 [마이클 잭슨 Michael Jackson](파스텔화, 2013.2)

영산포 둔치 공원에서

싱그러움이
잔디 위에서
함성을 올리고 있다

연도
비눗방울도
낭만과 함께

덩달아
각양각색의 추억들도
공이 되어
그림처럼 튀어 오른다.

마냥 좋기만 한 그대

박덕은 作 [단풍과 나비](파스텔화, 2013,2)

저수지 둑에서

결 고른
수면 위로
물오리들이
걸어가고 있다

한켠엔
기러기 몇 마리
후두둑
날개 휘저으며
물결 위로
닿는 듯 날아간다

둑가의
갈대꽃들은
살랑살랑 휘저으며
강인함으로
우뚝 서 있다.

박덕은 作 [사랑의 태동](파스텔화, 2013.2)

제3장
잠 못 이루는 밤

박덕은 作 [그리움의 물가](파스텔화, 2013.3)

내 마음

빈 들만큼
황량히 소슬거리는
오늘이라는 마당에

금실 은실로
옥금 그어
꿈나라 세우고

형형색색의
휘파람 만들어
하늘 높이 날린다

내일은
천둥 번개가
휘둥그레 몰아칠지라도.

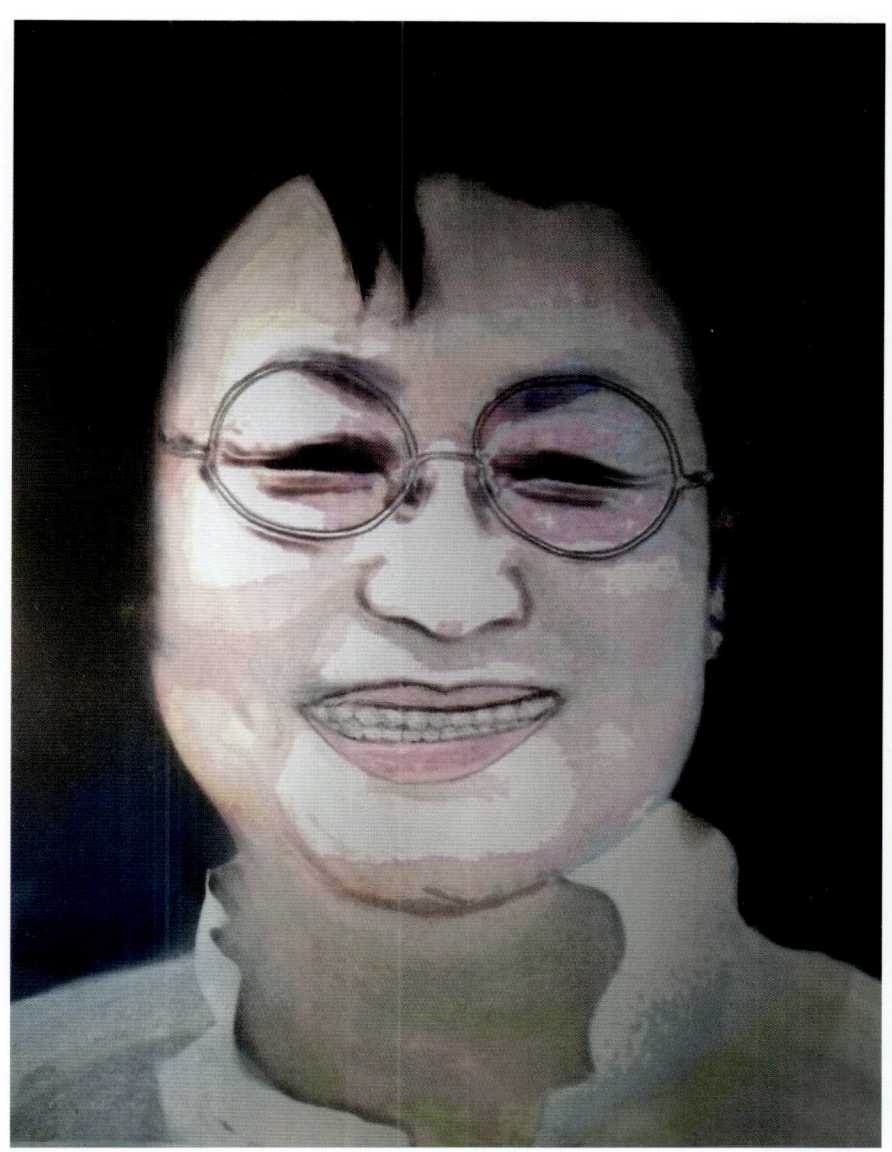

박덕은 作 [최기숙 시인](파스텔화, 2013.2)

무제

하늘이
빼꼼히
가을의 문을 연다

벌써
상혼은
종종걸음으로 뒷걸음질치고 있다

고즈넉함 앞에 앉으니
무너진 옛집
생각이 난다

외로움 반사시켜
내일을 노래하던 부드러움이
지금까지 따라다니고 있다.

박덕은 作 [꿈의 아침](파스텔화, 2013.3)

짝사랑

가엾게도
퍼득이다
말라 버린
시어

한 줄기
빛으로만
숨쉬는
미소

연꽃
퍼 올리다
지쳐 버린
바람

아르르
강물 위로
밀려다니는
노을.

박덕은 作 [수영복 어때요](파스텔화, 2012.11)

제주도에서

오랜 회한을
신비의 돌기둥으로 세워 내린
시간의 여정 앞에
숨을 몰아쉬며
날리고 싶다

초록 융단의
부드러움만 간직한 채
한 겹 한 겹
생의 소리는 모두 다
바다로 날리고 싶다

제발
그러고 싶다.

박덕은 作 [그리움이여](파스텔화, 2012.11)

첫사랑

수천 마리 나비 되어
팔랑거리다
사르르
사르르

다시 외줄 잡고
기어올라
사르르
사르르

추억의 꽃동산
밟으며
사르르
사르르.

마냥 좋기만 한 그대

박덕은 作 [청초함 한 송이](파스텔화, 2013.4)

오늘은

빛을 뿜어내고 있던
추억도
오늘은

살랑거리며
곰살대던 설렘도
오늘은

은빛 물결
가지런히 나르던 낭만도
오늘은

노란 유리성의
장밋빛 꿈도
오늘은

북한산 닮아
우뚝 솟은 그리움도
오늘은

뾰족한 기상
뽐내던 기다림도
오늘은.

박덕은 作 [의지의 여심](파스텔화, 2013.3)

어머니 · 1

미소가 되돌아온 날
함지박 정한수엔
보름달이 높이 차올랐다

길목엔 목련향 풀풀거리고
낮은 휘파람 소리는
소근거리듯 볼을 간지럽혔다

봄아
어서 오렴

흐드러지게 핀 언덕 위
꽃길 사이로 꿈마중 나가게
비단 손수건 펼치고서.

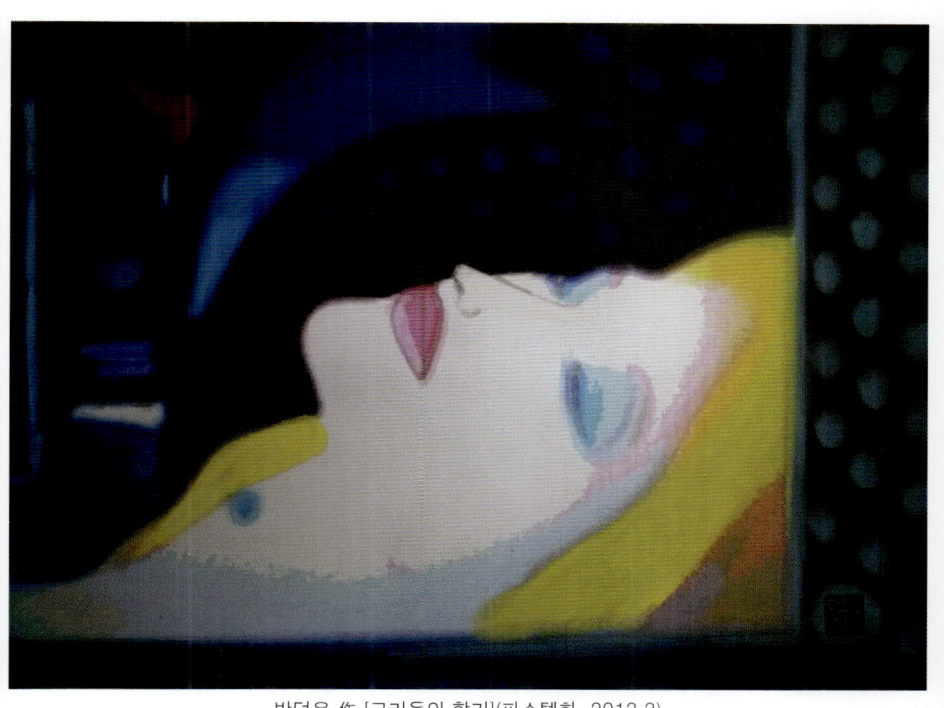

박덕은 作 [그리움의 향기](파스텔화, 2013.3)

어머니 · 2

저물어가는
팔순 생신 앞에
다 모인 삼 세대

마른 오징어처럼
변해 버린 속살을 보며
울컥 눈물을 머금는다

먼저 이별한 이들을
떠올리는 가슴이
욱욱거리자

아지랑이 연기 속에
바스라져 버릴 듯한
기침 소리가
부처님 향기를 내뿜는다.

박덕은 作 [시심의 뜨락에는](파스텔화, 2013.2)

잠 못 이루는 밤

우린
어떤 인연으로
피와 살을 나눴을까

신음 소리도 내지 못하고
점점 사위어지는
어머니

요양원 가시겠다는 말씀
가슴이 미어진다

아,
부서져 가는
아름다움이여.

박덕은 作 [미소의 가치](파스텔화, 2013.3)

감기몸살

호흡은
천정에서 헉헉

입은
쓴 마라물

멍한
가슴과 눈

모든 게
다 먹먹하다

정상에서
일탈된 일상들

마냥
어지러울 뿐

빨리
제자리로 돌아가고 싶다.

박덕은 作 [단 하루를 살더라도](파스텔화, 2013.3)

회상

연이은 큰 행사로
부어오른 손등
그 너머로
뉴욕의 시월 하늘이
그리움으로 밀려온다

맨하탄의
고층 빌딩숲도 보인다
그 사이사이로
각양각색의 분주함들도 보인다

화려함으로
아기자기함으로
호기심으로 다가왔던
그 정경들이
다시 날 손짓한다.

마냥 좋기만 한 그대

박덕은 作 [머물고픈 시간](파스텔화, 2013.4)

회복

상처 입어
파득거리며
날갯짓하던
한 영혼

어느 날
솔향기 가득하고
양지바른 곳에
가만히 내려앉은 후

날마다
사랑의 묘약을 발라
가슴과 살을 키워 간다

얼마 후
햇빛 속으로 걸어나와
눈길로 입맞추고

그 보드랍고 따스한 손등에
또르륵 또르륵

마냥 좋기만 한 그대

눈물방울 흘린다.

박덕은 作 [황혼의 외침](파스텔화, 2013.4)

외손자 펠릭스

품안에
쏘옥 안겨
새록새록

그 체온 그대로
기쁨으로
감동으로

어쩌면
그리
닮았을까

뉴욕의 하늘 아래
힘찬 기운이
같이 한 듯

귀여워라
아름다워라
신비로워라.

박덕은 作 [호기심 가득](파스텔화, 2013.4)

외손자 미피

영어 한국어 섞어 재잘거리며
쉴 새 없이 뛰어놀다가
튕겨오는 물고기처럼
품속으로 와락 달려오는
그 모습이란……

분홍빛 뺨에
해맑은
그 눈망울

봄날의 아지랑이처럼
연초록빛 뿜어내는
그 미소

아침이슬 머금은 분꽃처럼
현란함과 귀여움으로 다가오는
그 모습이란……

주위를 뱅뱅거리다
우리 모두를 끌어들이며 끌어당기는

사랑스럽고 앙증스런
그 모습이란…….

박덕은 作 [손자의 미소](파스텔화, 2013.3)

님 · 1

너울너울
가 버렸네

멀리 멀리
가 버렸네

너울너울
꽃관 타고
구름 속으로
가 버렸네

너울너울
풀어헤친
하얀 머릿결로
휠~휠~
날아가 버렸네.

박덕은 作 [여심의 봄](파스텔화, 2013.4)

님 · 2

물먹은 솜처럼
무거운 영혼이
힘겹게 숨쉬고 있을 때

금강석의 빛살처럼
쏘는 듯이
빠르게

해맑은
강물의 물살처럼
부드러움 휘감으며

그는 그렇게
쏜살같이
나에게로 왔다.

박덕은 作 [아름다운 곡선](파스텔화, 2013.4)

손주

까르르 까르르
그 천진한 모습

푸른 해변을 넘어
여기까지 온다

영혼을 이으며
사랑을 이으며

온 가슴 가득함으로
사라지지 않는 꽃향으로

봄빛을 넘어
여기까지 온다.

박덕은 作 [자연의 신비](파스텔화, 2013.4)

새만금 방조제에서

어디서
왔는가

솔바람이랑
바닷바람이랑

유난히
정답게 느껴지는

지금
이곳에서

지금 난
외롭지 않다

운명 같은 건
아무래도 좋다.

박덕은 作 [시심 속 그리움](파스텔화, 2013.3)

가신 님

그는
갔다

시간을 끌고 가던
빛나던 모습
연기로
남긴 채

세월의
초록잎만
남긴 채

수많은
꽃의 다짐만
남긴 채.

박덕은 作 [하늘 우러러](파스텔화, 2013.3)

한실 문예창작 문우들의 작품집

오늘의 詩選集 Series

오늘의 詩選集 제1권

화장을 지우며
강만순 지음 / 144면

오늘의 詩選集 제2권

또 한 번 스무 살이 되고 싶은 밤
김숙희 지음 / 160면

오늘의 詩選集 제3권

사랑의 빈자리 될까 봐
박완규 지음 / 144면

오늘의 詩選集 제4권

유모차 탄 강아지
김미경 지음 / 112면

오늘의 詩選集 제5권

이 환장할 봄날에
신점식 지음 / 176면

오늘의 詩選集 제6권

작아지고 싶다
주경희 지음 / 176면

오늘의 詩選集 제7권

가을은 어디나 빈자리가 없다
전금희 지음 / 176면

오늘의 詩選集 제8권

쓸쓸함에 대하여
이후남 지음 / 176면

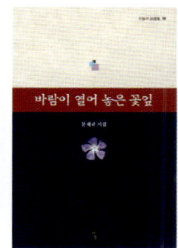

오늘의 詩選集 제9권

바람이 열어 놓은 꽃잎
문재규 지음 / 220면

오늘의 詩選集 제10권

단 한 번 사랑으로도
이호근 지음 / 176면

오늘의 詩選集 제11권

할 말은 가득해도
최승벽 지음 / 176면

오늘의 詩選集 제12권

비밀 일기
박봉은 지음 / 176면

오늘의 詩選集 제13권

꽃만 봐도 서러운 그날
한실 문예창작 동인지 제8집

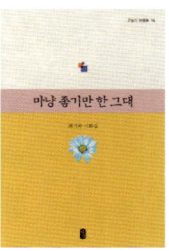

오늘의 詩選集 제14권

마냥 좋기만 한 그대
최기숙 지음 / 176면

개별 작품집

고목나무에 꽃이 핀 사연
김영순 시집

당신만 행복하다면
박봉은 제1시집

시가 영화를 만나다
장헌권 시집

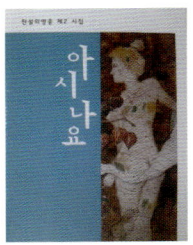

아시나요
박봉은 제2시집

하얀 속울음까지 들켜 버렸잖아
김성순 시집

당신에게.하나
박봉은 제3시집

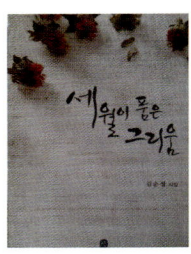

세월이 품은 그리움
김순정 시집

사색은 강물 따라
권자현 시집

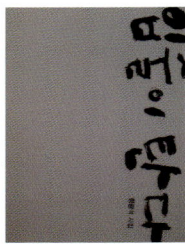

입술이 탄다
형광석 시집

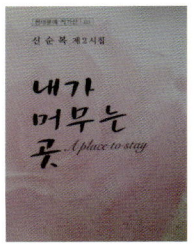

내가 머무는 곳
신순복 시집

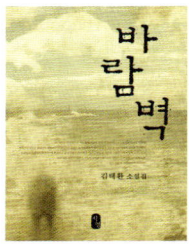

바람벽
김태환 소설

당신
박덕은 시집